꽃도 무거우면 짐이 되는가

지혜사랑 276

꽃도 무거우면 짐이 되는가

이향이 시집

지혜

시인의 말

바람이 어떻게 부는지도 모른 채 바람 불기를 기다린다고
적막이 뭔지도 모르면서 적막하다고 씁니다
어설프고 부끄러울지라도
마음이 가자는 대로 걸을 것입니다
그곳이 시가 익고 있는 곳이라면 좋겠습니다.

2023년 여름
LA에서 이향이

차례

2부

3부

4부

• 일러두기
페이지의 첫줄이 연과 연 사이의 띄어쓰기 줄에 해당할 경우 > 로
표시합니다.

1부

바람의 정원

바람의 정원으로 오세요
그곳은 내게 오려다 멈춰섰던 당신이
바람이 되어 서성이던 곳
우리가 위태롭게 스쳐다니던 곳

나는 자그마한 키에
말수는 그리 많지않고
자스민티를 좋아하는
얼굴은 그리 돋보이지 않는 여자

보이는 것 보다 보이지 않는 것이
더 많은 것을 보여 줄 때가 있어요
겉이 조용할 수록 속은 시끄럽죠

내 안은 하드록 콘서트장
가슴을 긁어 토해내는 레드 프랜트의 목소리가
폭팔적인 드럼소리가
당신을 향해 쿵쿵 뛰고 있어요
아마 모르셨을 거에요

가령,
누리끼한 파파야 가슴 속에

동그란 까만 씨들이 모여있다는 걸
그 씨가 톡 쏘는 겨자맛이라는 걸
먹어보지 않고서야 어떻게 알겠어요

여전히 머뭇거리시나요

매콤하고, 때로는 강한 백피트
그럼에도
평이한 날 보이려 길 나서면
그대, 오실 건가요

당신이 거닐지 않으면
그 정원엔 바람도 불지 않더군요

겹싸이는 봄

꽃이 다시 핀다고
지난 봄이 다시 오는 게 아니라는
당신 말에
바람도 불기 전 부터
내 마음이 흔들렸습니다

우리의 봄이 떠나갔다는
나의 눈물은
꽃이 피기도 전에
지는 꽃을 보았기 때문이지요

봄이야 흐르겠지만
꽃씨들은 남겨져 때가 되면
흐드러진 꽃무더기로
또 한 번의 계절이 쌓이고

옛봄에 덧 입혀진 새봄이
당신과 나를 보며
봄꽃 향기로 시를 씁니다

말하지 않아도 들을 수 있고
보이지 않아도 볼 수 있다는

나무가 될 수 있다면 좋겠어요

그 산, 은근히 산새도 높고 제법 큰 계곡이 있어요
개울물 흐르다 바위에 등 기대고 잠시 쉴 때
보랏빛 달개비꽃들이 소담 소담 피어나는

오솔길가 나무가 될래요
등산복 입은 사람들이 오지요
그중에 개울물 소리로 옷을 지어 입히면
어울릴 사람 하나 있어요

산허리 바위들이 검푸른 입김 토해내고
바람도 가쁜 숨 몰아쉬는
그 산길을 오르노라면
힘겨운 무릎뼈들 부딪치는 소리 들려요

발 앞에 평평한 바위 하나 마련해야겠어요
작은 가재 한 마리가 돌 틈사이로 고개를 내미는
개울을 내려다보며 잠시 쉬어 가도록
그에게 바람 시원한 그늘을 내어 줄래요

그의 어깨를 누르던 시간이
가벼워졌으면 해요
멀리서 달려온 햇살이 나뭇잎 사이로
다정히 그의 손을 잡을 테지요

당신 없는데 세상은

그날,
아무래도 지진이었겠지요
땅이 쩍 갈라져 다시 붙었겠지요
그러지 않고서야
당신 흔적이 이 땅 어디에든
이리 없을 순 없는 것이지요

당신 있었던 어제는 너무 멀고
기척도 없는 오늘은 낯설고
빈 껍질로 올 내일은 두렵기만 한데

뭇 사람들은 말합니다, 시간이 약이라고
아직 오지않은 그때를
한 입에 약 털어넣 듯 삼킬 수는 없고
시간은 바위처럼 꿈쩍 않는데
그저 세월의 눈치나 볼 밖에요

밤새 거친 바람 나뭇가지 그리 흔들더니
아침 창가 새 한 마리 모질 게 울어대네요
어디선가 지아비 하나 무너지는지

뉴스는 어제도 당신에 대해

한 마디도 안 한 채
밤이 오더니 날이 또 밝습니다

짧은 봄

어린잎 아직 나오지 못한 가지
참았다 터진 꽃망울 곁에
슬픈 얼굴이 있습니다

꽃과 있어도
따스한 햇볕과 있어도
편치 않은 봄

텅 빈 하늘 끝에서 손 내미는 당신
손을 곧게 뻗고 손끝에 힘을 주어
… 차라리 문을 닫습니다

늘 유지되는 거리
간절한 것은
아스라이 멀기만 합니다

봄이 수많은 표정을 남겨두고
매몰차게 떠나는 걸
꽃은 찰나에 흙으로 가
뿌리에 스미는 걸

그 어떤 말도 들을 새 없이 지고만

꽃들의 저민 가슴

잠시 만난 봄이 이다지도
긴 겨울을 데려올지
그땐 몰랐습니다

보내고 보니 너무나 짧았던 봄

배롱나무

긴 긴 여름 그 뜨거운 볕을
온몸으로 견디는 배롱나무
부러질 듯 휘어진 가지에 진분홍 꽃들이 피어있다

너의 가슴에 안겨 흐드러진 꽃 무더기로
피어나고 싶었을 뿐인데
그저 그랬을 뿐인데

꽃도 무거우면 짐이 되는가

바람 세차게 불어와
차라리
꽃잎 우수수 떨어져 내려
너, 가벼이 숨 쉴 수 있다면
너로 인해 빛날 수 있었던
나 기꺼이 낙화하리

온 힘 다해 안아 준
아름다운 너를 보리

여름눈

그대 좋아하는 눈 노래 들으니
사방이 눈이에요, 흩날리는 눈발이에요
우리 나누었던 이야기들은 눈꽃이 되어
그대와 나의 나무에 쌓이고

수십 번 꽃이 피고 지고
그만큼의 계절을 지나
흰 머리카락 듬성듬성 머리에 이고 있어요

사람 마음 참 깊어 그 속 알 수 없고
그 마음 참 얕아 속 훤히 보이기도 하지만
알 수 없는 사랑은 눈꽃이 되어
내리다 흩어지다 언덕이 되고 강이 되고

그대 생각하노라면
아스라이 펼쳐지는 하얀 세상
나는
칠팔월 무더운 밤에도 눈을 맞아요

그리울 때는

그냥 눈을 감아
눈을 감고 너를 만나지

넋의 창고에 저장된
사진 한 장씩 꺼내 들고
햇빛 천연하고
바람 낭창이 흐르던
늘 푸른 기억에 앉아

네가 불어 넣었던
연두빛 숨결
꿈의 밭을 일구던 순간들을
생각하면 돼

그러고도 또 그리웁지

그냥 눈을 감아 그리고
너를 느껴
눈물이 흐르면
흐르는 눈물을 타고
네게로 가지

>
명령 앞의 사병처럼
앞서 걷는 마음을 따라 걸어

닿을 수 없는 아픔이든
가슴 저미는 슬픔이든
너라면…. 괜찮아

참, 쓸쓸한 일

당신, 오늘도 창밖 넘어
눈발 흩날리는 곳에 서 있군요

봄이 여름이 되어
배롱나무꽃 얼굴 붉게 익히고 있는데
흰 눈을 맞으며 내게 손짓합니다
당신, 언제나 겨울이군요

그리워한다는 일은 참 쓸쓸한 일
당신으로 향하는 길 모두 얼어 있어
그리움이 손잡으려 하면
허공으로 된 벽이 앞을 막아요

당신 있는 곳으로 갈 수 없고
나 있는 곳으로 올 수 없어
당신 자리는 눈 내리는 그곳

차가워서 더 아름다운 당신
난 보고픔이란
참, 몹쓸 병에 걸렸어요

그냥 보고 계시다가

숲은 녹색으로 우거지는지
잎이 제대로 달리기는 하는지

어쩌다 가끔

나뭇잎에 내리는 빗방울처럼
피아노 건반 치듯이 가볍게
두드려 주세요

작은 소리도 괜찮아요
천둥처럼 큰 소리라면 더, 더욱 좋지요

가끔, 아주 가끔이라도
만우절처럼요

첫사랑

아직도 꽃으로 피어있다

차마 사랑이라고 이름 지을 수 없었던
그 첫사랑이
수십 년의 나이를 먹은 후에도

미처 못 본 속 마음과
하루 삼시 세 끼, 매달 생활비 걱정을
나누어 보지 못한
산다는 궂은일로 부대껴 보지 못한 그대가
그래서인지
항상 꽃처럼 아름답다

한 번도 남자 아닌 적이 없었으면서도
한 번도 남자인 적이 없었던
그대가
오늘도 꽃으로 피어있다

첫눈

하늘이 가득히 달려오면
가슴이 서둘러 달려가면

흰 꽃으로 피는
그대,
그대로 피는 하얀 세상

신호등

마른 잎 하나
나뭇가지에 미동도 없이 매달려 있습니다
하염없이 적막합니다 빨간 신호도
멈춰있습니다
마치 처음부터 그랬던 거 같습니다

가슴 깊이에서 지난 시간이 나와
야윈 볼을 흐릅니다
흥건합니다 당신이
추앙하는 내 사랑은 아직도 이렇게
아립니다

낙엽 하나 발등 위로 툭 내려앉습니다
고개들어 보니
당신 이름 촘촘히 박힌 바람이
불기 시작합니다

신호등도 이제야 푸른 눈을 뜹니다

어제와 이별하기

차콜색 하늘이 흐르지 못하는 눈물로 울고 있다 차마 보내지 못하는 장례식 상주의 얼굴하고 머물려는 이별을 달래고 있었다 세상 끝에서 차마 서 있을 수 없다는 몸짓으로, 놓으면 안 되는 손을 놓친 듯 파리한 얼굴로 작별을 고하는 어제가 마지막 인사를 받는 시신처럼 차가워보였다 바다는 잠잠해 졌다 작은 파도도 부서지지 못한 채 무섭도록 고요하다 어제가 떠난 줄 알았다 잿빛 하늘을 커튼 자락 제치듯 열고 철없는 아침이 온다 아직 갈 길도 못 찾은 슬픔이 백년이나 혼자였던 얼굴을 하고 나를 보고 있는데 떠난 줄 알았던 어제는 떠난 게 아니라 힘겹게 오늘을 받치고 있었다 같이 걸었던 발엔 석양빛 묻은 모래 몇 알 반짝이고 손을 펴보니 내가 만졌던 사랑이 꺼이꺼이 울고 있었다 어둠에 밀려난 햇살이 아침을 화려하게 연다한들 이별은 결코 떠나지 못한다 함께라는 포만감에 익숙해 버렸기 때문이다

이별과 이별한 뒤

따뜻했던 너의 손을 되돌려 주고
등이 등을 바라볼 때
상처 입은 바람 몇 가닥 지나가고
아득한 지진을 맛보았지

나이를 가늠할 수 없는 새 한 마리
창 안을 기웃대며 슬픈 부리로 인사를 하네

긴 여행에서 별별 걸 보았다고
그렇지만 별일 아니었다고

푸른 숲과 어두운 숲 사이 백 년 넘게 서 있던 나무
그 나무가 만났던 춥고 창백한 겨울밤들이
봄의 아침 햇살을 만나는 걸 보았노라고
살아있음으로 만나는 지진
별거 아니었다고

푸른 잎과 앙상한 가지를
휘돌아 흐르도록
별일을 내버려 두고

천만년 전부터 한결 같은 시간이랑

함께 걸어야지
별거 아닌 일이 될 때까지

2부

우리 강물이 되어 바다로 갑니다

거센 비 내린 뒤
탁한 물이 강물 되어
바다로 가는 동안 맑아집니다

저기 물살 한 줄기 눈에 익은 듯하고
강기슭 야윈 나뭇가지에 기대어 멈칫대던
저 물결은 사무치던
내 사랑인지도 모릅니다

분주한 거리, 스쳐 다니던 인연이
비틀걸음으로 돌고 돌아
마른 발로 강을 걸어 바다로 가고

길고양이의 허기진 울음소리도
질기게 버티던 길가의 마른 풀도
맑은 물이 되려 흐릅니다

몰아 쉬던 호흡
못다 한 내 누추한 말들
바다로 섞이면 편안하겠습니다

우리 강물이 되어 바다로 갑니다

뚝향나무와 별빛

어스름이 긴 머리 풀기 시작하자
숨어 있던 별빛을 따라 뚝향나무 향기가 천천히 오고 있
었어
어깨가 기우뚱 휘청거렸지
별빛과 뚝향나무 향기가 동시에 앉았기 때문이야

키 작은 뚝향나무는 옆으로만 손 내미는데
아마도 내 손을 잡으려나 봐

별빛이 나를 달래고 있었어
오랜 친구가 떠난 자리를 메꾸듯이
길고양이처럼 살금살금 다가왔던 우울이
별빛과 뚝향나무 향기가 다가오자
슬그머니 자리를 털고 어디론가 가버리고

어둠과 손 잡고 있던 페르소나를
뚝향나무 향이 벗겨 주었지
무거웠던 시간이 잘 말려진 머리카락처럼 가벼워졌어

별보다 가까운 별빛이
뚝향나무 향기를 데리고 온 후 일어난 일이었어

그로브 공원

어둠이 깔리기 시작하는 공원에
어둑해지는 사람들이 있다

군데군데 놓여있는 벤치엔
퇴출된 밤이 서둘러 걸터앉고

부지런한 사람은 대낮부터 나무 벤치를 침상으로 차지하고
그렇지 못한 이는 시멘트 벤치에 낡고 차가운 이불을 편다

어두울수록 환해지는 밤이 오면
한 때 꾸었던 꿈들의
지나간 시간이 등뼈를 세우고
발끝 시리게 하는 냉기는
달그락거리는 관절을 더 단단히 움켜쥐고 있다

그들이 누리던 허허로운 자유가
바람에 흔들리는 밤이
줏대 없이 느릿느릿 걷고 있다

꽃들 지는 건 다 같다

화씨 100도, 시리게 달궈진 보도블록 위로
꽃 한 송이 홀연히 떨어졌다
그 꽃 배웅하러 온 경찰차 몇 대,
검정 정복 사내 몇이 노란 금줄 치고 있다
떨어진 꽃, 노숙자란다
노란 경찰 테이프 옆 99센트 가게 주인은
그 꽃 누렸던 한가로움이 부러웠다 한다
쉴 새 없이 밀려드는 고지서
어깨 누르는 인연도 없어 보이던
허허로운 그의 삶이

내일은 이곳에 촛불 몇 자루, 흰 국화 몇 송이 놓이겠다
얽힌 눈물 흘려 줄 이도 없이
홀로 지고만 꽃 앞에

바다로 끌려갔네

바람도 칙칙한 오후
무거운 몸 버티다 등 떠밀려 온 레돈도비치

온 바다에 금빛 붉은 물감 풀어놓고
제 빛 안으로 숨는 해가 아름다워
해 따라 들어간 바다

10초마다 기억을 잊어 버리는
파란 몸에 노란 지느러미 도리*가 되어
살랑살랑 감기는 해초 숲을 신나게 누볐다

그리고는 그곳이 어디인지 금세 잊어 버렸다
모래사장에 있는 나도 잊어 버렸다

내가 나를 밀어내고 싶을 때
밀어내려는 나와 바다에 가자

어쩌다 길 잃은 행운이
고급스런 산호 목걸이를 걸어 줄지 모르지
그조차도 다 잊고

발광색 해파리, 이빨 날카로운 상어도

다 잊어 버리는
발랄하고 유쾌한 도리가 되자

* 만화영화 finding nemo에 나오는 파란색 몸에 지느러미가 노란 물
  고기, 10초마다 기억을 잊어버림

늙은 패트병

물살을 이기지 못하는 종이배처럼
거친 파도를 타고
세찬 바람을 맞으며
너란 섬에 도착하였다

나도 한때는
누군가의 입술을 행복하게도
누군가의 눈을 시원하게 하기도 했고
가슴 뛰는 설레임으로 가득 했었지

어느 때에는
화려하게 중심에 서기도 했고
너 없이는 안 되겠다는 고백을 듣기도 했었지

얼만큼인지 흔들리고 떠밀려 도착한 땅
먼저 온 슬픔들이
겹겹 먼지와 늙은 살갗을 드러내고
서로 엉켜서 쉴 수 있는

쥐뿔도 새로울 것 없는 세상에
그나마 너란
기슭 있어 줘서 고맙다

조금은 망가져도 괜찮아

가끔은 술 취한 듯 망가져도 괜찮아
사는 일, 군데군데 숨어있는
뾰족한 모서리 누구나 만나지

조금은 속 덜찬 사람처럼 산다한들
그리 큰일 나지 않아
해 뜨고 밤 여전히 오지

자신과 손잡고 토닥이며
좀 쉬어 가자
미처 고개 내밀지 못한 자아
소심한 나에게 갇혀
고생하였겠구나, 힘들었겠구나

내 안에 있는 웅크리고 있는
나는
빛나는 햇빛과 대칭이야
꽃으로 열매로
벌써부터 피워 내고 있었지

사라진 리모트 컨트롤

네가 없으니 세상이 절벽이다

어디에 숨어 있을까
집 안 구석구석, 틈 사이사이
숨어있을 만한 곳을 찾아서 헤맸지
너 대신 고개 내미는 먼지 동전 볼펜 등이
내 손을 덥석덥석 잡았지

TV 오디션 프로에선 절절한 사랑 노래를
드럼은 조곤조곤 두드리고
기타는 잔잔하게 아르페지오 선율을 퉁겨도
결국 슬픔으로 남았다는 내용이
쇼의 끝자락을 걷고 있었지

아, 이제는 채널을 바꿔야 하는데

가고 싶은 채널로 가기 위해
네 몸을 움켜쥐고 마구 눌러댔었지
전원 버튼이 닳아서 색이 변할 때까지

네가 감당한 대가로
내게 왔던 즐거움을 남겨두고

너는 보이질 않는군

사람은 떠났어도
사랑은 떠나지 않았다는 이야기처럼
네 빈 자리에
안절부절 못하는 나는 남아있다

아, 이제는 정말 채널을 바꿔야 하는데

논스틱 프라이팬

이제 떠나야 할 시간이 온 것 같군
온몸이 여기저기 긁혔지
속살이 보이면 위험하다고
몸에 해롭다고 말하는 자들이 있는 한
더는 버텨낼 명분은 없지

내가 되고 싶었던 건 프라이팬은 아니었어
뜨거울 때만 존재감 있는 건 아무래도 너무 하잖아
열정이 멋지다고는 하지만

나는 타는 불꽃도 기꺼이 견디는 충성스런 프라이팬
힘겹게 견뎌 온
내 것이었지만 내 것 아니였던
시간을 뒤로 하고
아무래도 이젠 떠나야겠어

타원형 체리 나무 식탁에선
내가 구운 연어로
식구들이 따듯한 온기에 취해 있을 때

지나간 시간이 서럽게 울고 있군
무참이 접힐 나를 보며

참 어려운 말, 보편과 상식

오늘 유난히도 날이 어둡군
대낮인데도 침침한 길
막힌 담을 허물러 사람들이 애를 쓰는군
보편적, 그 쉬운 말이 내게로 오는 길은
사선이거나 아득한 한 점이거나
진실에 거짓을 섞어 즐거움을 취하는
이미 죽은 자처럼 살아가는 자들에 의해
길은 더 어두워지지
모던과 크래식
부유과 가난
평등과 불평등
그 사이를 거친 숨을 몰아쉬며 걷는다
상식적, 그 흔한 너를 기다리다 주위를 둘러보니
땅에 떨어져 밟힌 내 비겁이 비상식을 돕고 있네
그건 슬프고 고단한 일이지
비상식이 상식을 이기고
잡으려는 자와 잡히지 않으려는 자만 보이는
탁한 바람 속으로 등불 하나씩 들고
살아있는 사람들이 웅성 웅성 모인다면

맑은 바람이 불겠군
마른 눈으로 하루를 버티던 사람들
촉촉히 편안해 지겠군

말 농장

원래 농장의 말들은 다정하고 한가로웠다
언제부터인지 모양도 다르고 색깔도 다른 말들이
농장에 점점 넘쳐났다

더러는 따뜻해 온 몸이 훈훈하기도 하고
다정해 다가가면 싸늘한 냉기로 돌아오는 말도 있었다

누군가의 마음을 훔쳐
신 신을 발도 없는 말이 천리 길을 다녀오는 동안
먼지만 했던 말이
눈덩이처럼 커져서 돌아오고는 했다

맹수의 포효처럼 요란한 소리로
주변의 고요를 해치는 말도 있었는데
그런 말 주변에는 눈가 거무스레한 피곤이 넘쳐났다

뾰족한 내 말은 어디를 다니고 있을까

가야 할 길을 벗어난 말은 좌충우돌
상대를 상하게 한다

구겨진 마음을 반듯하게 펴주는 말

한 마디 말로 천냥 빚을 값는 말은
봄비처럼 촉촉이 주변을 적시고

따듯한 말에는 꽃이 핀다

스스로 아침을 부를 때까지

살아가는 일이 산성비가 되어
우산도 없는 친구에게 내렸다

아픔을 짚고 길 나서는 그대여
뒷 모습이 슬픈 그대에게
작은 위로도 건네지 않으리

떠나려는 자 떠나게 하고
울고 싶은 자 울게 하여
짜디 짠 눈물이 다 빠져 나가도록
그대로 두리

어두운 밤이 지나면
시간은 스스로 아침을 부르지
절망이 아침을 부를 때까지
그대를 그대로 침묵하리

내가 볼 수 없는 너의 아픔 때문에

어둑한 저녁이 한낮을 밀어내고 오는 것은
높고 좁은 것을 고르게 하려고
느릿느릿 걸어서 오는 것이다

대부분 비슷한 이유로 행복한 이웃과
제각기 다른 이유로 불행한 이웃이
어스름 속에서는 손을 잡아도 좋으련만

한 끼 식사 모락모락 김 오르는데
너, 그것조차 누릴 수 없는
이 밤 더욱 안쓰럽다

너의 아픔의 깊이 내가 볼 수 없고
그 외로운 길도 함께 할 수 없어서
행복한 이웃도 아닌 내가
어둡고 메마른 시간을 홀로 견디는
너로 인해 아프다

폭염주의보

계절의 시간이
타는 불볕에 묶여있다

펄펄 끓는 바람 구름을 태우고
세상 구석구석을 핥고 있는 사이
메말라 갈라진 땅은
제 몸을 더 깊이 파고 있다

부모님의 안부를 확인하라
뉴스는 재촉하고
빨간 수은주 막대가
역대 최고점을 찍는다는 폭염주의보

미처 타지 못한 나무뿌리
힘껏 발 뻗어 물 길어 올리고
가지는 가지 길이만큼 더 넓게
뜨거워 성난 바람 끌어안고

재가 되지 못한 생명들
멈출 수가 없다 한다
살아내야 하는 일을

천사의 도시

번잡한 윌셔대로 옆 골목, 아스팔트 틈 사이로 불쑥불쑥
돋아나 늙어버린 들풀 같은 텐트로 지어진 집들이 물에 젖
어 내려앉아 있다 바닥과 지붕의 경계가 모호한 어떤 집엔
자전거 한 대가 아슬아슬 매달려 있고 그 곁으로 물기 털던
강아지 한 마리 주인을 보며 꼬리를 흔들고 있다

물 귀한 엘에이에
반가운 비가 내린 뒤

종이상자와 비닐로 지은 집 앞
비에 퉁퉁 불은 걸인 여인
외출하려는지
물기를 닦아내며 화장을 하고 있다

고층빌딩 숲 윌셔대로
일회용 커피잔 든 정장 차림 남자들과
하이힐 신은 젊은 여인들의
수선스러운 대화가 이어지는데

이 길엔 선한 사마리아인 아직 도착하지 않았고
바리새인 같은 나는 스치듯 지나치고
햇빛의 눈길만 측은하고

노숙자

살아있기는 한 걸까

한 때는 빛났을지도 모를 시간의
흔적들을 베고
쓰러진 십자가처럼
교회 문앞에 누워있는 걸인

비의 무게로 내려앉은 하늘
교회 종탑이 하늘보다 높았던 날
통성기도 소리는 예배당 안에 머물고
나는 그 곁을 무심히 지나가고

체온을 빼앗겨 가는 영혼 위로
허기로 허리를 묶은 바람 자꾸 부는데
사람과 사람 사이에는
오늘도 뉴스 한 줄 없었다

3부

VR* 안경

지나간 것은 다 뒤에 있는데
VR 안경은
그리움을 앞으로 데려다주지

너를 쓰는 순간
그랜드 캐니언 유리 다리 위를
잔뜩 겁먹은 채 걷고 있었지

발밑은 천 길, 검푸른 콜로라도강물이 흐르고
볼우물 오목이 파인 허리 굽은 엄마는
애야, 발걸음 조심해라 날 걱정하시고
아버지는 마른 손을 내밀어
내 손을 잡아주려 하시네

가물거리는 기억을 짚고
오래전에 먼 길 떠나신 엄마와
엄마를 두고 앞서가신 아버지와
어린아이가 된 내가

깊고 넓은 계곡 사이를
알라딘 융단을 타고 날면
먼 행복도 가까이 있었지

>
우렁이 껍질처럼 둥둥 떠내려가던
그분들의 아린 눈빛이
따듯이 나를 감싸고
곱지 않은 것도 아름답게 흘렀지

* Virtual Reality, VR, 가상현실

헬륨 풍선

서걱서걱한 사연들 가득한 달력에
한 해가
간당간당 머물러 있습니다

성탄 카드와 함께 집에 온 헬륨 풍선,
몸을 불려 힘차게 날았던 순간이
천장 구석에
힘 없이 매달려 있습니다

높이 날고 싶었던 열정은 다 어디로 갔을까요
온통 빠져나간 것 투성인데
왜 몸은 더 무거울까요

문틈 비집고 야윈 바람이
캐럴 몇 가닥 손에 쥐어 줍니다
참, 낯섭니다
12월의 휘황한 그곳으로부터
떠나온 지는 언제인가요

딸들의 들뜬 목소리가
아내의 익숙한 수다가
점

점
아득해집니다

견뎌야 할 치열함도
감추어야 할 낭만도 희미해진
가슴 위로
홀쭉해진 헬륨 풍선이 내려 앉습니다

어머니의 고향

매서운 눈빛의 바람이
지나간 자리마다
하늘은 아린 햇빛으로 물들며
조금 더 높아지려 하고 있었다

그때쯤에
고향에 추석이 오면
전화기 넘어로 맛진 음식을 전하시던
어머니

어제와 오늘을 자꾸 지우시는 어머니
당신 삶 속에서 내가 희미해지기 전에
고향에 가고 싶었다

태평양 건너에서
시간의 눈치만 슬금슬금 보고 있을 때
당신은 하얀 기억을 남겨 두고
아주 멀고 긴 여행을 떠나셨다

어머니께서도 고향에 가고 싶으셨나보다
당신 어머니께서 반겨주시는 그곳으로
그리 그리던

먼 이 땅에 딸도 잊으신 채

아이처럼 웃고 싶으셨나 보다

운동화

새내기 회사원이 된 아이가 벗어놓고 간
운동화를 빨았습니다

녹록치 않은 사무실을 뛰어다녔을
그 고단한 발이
힘들다며 말을 건네 옵니다

운동화에서 사무실 전화벨 소리가 울리고
신발 끈 따라 상사의
낯선 눈빛이 올라옵니다

어설픈 하루가 녹아있는
흙탕물을 따라
고단했던 시간이 떠내려갑니다
땀내 나던 신발이 깨끗해졌습니다

헹구고 헹궈서 맑아진 물처럼
새 신발이 된 운동화처럼

그 아이의 일터도
맑아져
편안한 웃음 몇 잎 떠다니면 좋겠습니다

병

와병 중인 남편이
기저귀 팬티를 처음 입던 날

그에게도 나에게도
새로운 첫날이 시작되었다

길 잃은 아이 앞에 펼쳐진
낯선 길 같은

추석 인사

한가위
오늘만 같아라 이르고 싶은
보고픈 이들 모여, 모이는 날

차가운 달빛 거리로 내려서면
더욱 어두워지는 외진 골목
송편 냄새 멀고
사람 냄새는 더욱 먼

수없는 명절 보내고는
서늘한 바람길 홀로 걷는
도무지 익숙해지지 않는 산다는 일

같이 있어도 등 시린 이
혼자인 자
아픈 이
집 없는 사람

인사말을 생각하다가 하다가
그냥 모두에게

달이 참, 밝네요!

나의 사막에

사막 바람에는 모래 부딪치는 소리와
바다 건너에 두고 온 익숙한 소리들이 들어있다
그리운 소리에 귀 기울이려하면
따가운 햇빛이 깨진 유리 조각처럼 흩어졌다

식구들 웃음이 저녁 밥상에 놓이고
어머니 눈길에 낚인 달빛
그윽이 창으로 들어서던 곳은
풍화된 풍경처럼 희미하고

선인장 가시 곳곳에 박힌 사막 언덕을 오르는 동안
나의 울타리 안엔
새로운 정겨움이 돋아났다
아이들이 모락모락 돋아나고
이웃들이 성큼성큼 돋아나고
고양이가 갸릉갸릉 돋아났다

억센 풀은 여리디여린 꽃 피우고
나비 날아들고
열매 맺고

모래바람 거세게 불어대던
나의 사막에

풍장

야생화 지천인 벌판에서
당신,
채 낡지도 못한 이생의 옷 벗고
수천 개 바람되어 먼 길 떠나시네요

사는 일, 참 그랬었죠
꿈은 발치에 머물러 다가오지 않고
손 닿을 듯해 다가가면
한 발 앞서 달아나던

그 고단한 길을
바람결에 허리 굽혀주는 갈대처럼 그리
걸어 오셨죠

봄 동산 흐드러진 꽃 무더기 위로
푸르다 못해 깊어진 하늘로
살면서 만났던 한계를 넘어

미처 끝내지 못한 일들
가슴 속에 묻어 두웠던 말들
이제 잊으시고 훨훨 날으세요

\>

난 울지 않을게요
당신, 바람으로 만나야 하는
이 삶의 기슭에서

쉬엄쉬엄 쉬어 가라는 너

낯설디 낯선 네가
끈적거리는 땀샘을 열며
내게 온 것은
그럴 만한 까닭이 있었겠지

너,
나의 호르몬을 쥐락펴락
온몸 구석구석을 다녔지
그 당황스런 메타볼리즘*

갑상선 항진증
너로 인해 깊이 나를 본다
산다는 일, 흔들리며 더듬으며 걸어 온 길
그 발자국조차 희미한데

사는 일, 참 공평도 하지

이제 나를 섬기라 한다
고단백 저열량 유기농 식사
황제의 밥상을 마주하고
휴식은 필수라며
힘을 다해 쉬어가라 한다

>
넓게 보며 나도 보라 한다

* metabolism, 신진대사

물의 일

작은 풀 한 포기에
물을 준다면
그 풀 꽃 피우고
꽃에 벌 앉으리
벌 달콤한 꿀 만들어
한 잔의 차에 녹아 내려
향기로운 차
그대에게 스며
사랑하는 이 기쁘리

이를 닦으며

치약 냄새 화하게 풍기면서
당신은 내 안에서 자라세요
향기가 된 구름으로 온 몸을 도세요

이와 이 사이 낯선 것들
뭉실뭉실한 거품으로 지우세요

사는 일, 살아간다는 일은

가끔 고춧가루 끼이는 일
영 빠지지 않는 가시와도 같은 일
항생제로도 죽지않는 고약한 일
가글가글 헹궈서 버리세요

내 안에 가득한 당신
아무 일도 없었다는 듯
그저 평안하세요

앉은향 나무

키가 작아서 앉은 향나무가 되었지
멀리 보고 싶었지만 옆으로만 클 수 있다네
낮은 곳을 보니 많은 것들이 보였어
습지로만 다니던 지렁이랑
땅바닥에 바짝 붙어 다니는 개미들
쏟아지는 빗물을 받아주는 조그만 로즈마리 꽃들
바람도 무거운 날, 비가 내리고 있었지
하늘은 자신을 잘게 나눠 더 낮은 곳을 향해 흘렀어
아무도 눈여겨보지 않는 그곳에선
이곳저곳 구석구석 씻기느라 고단한
빗물의 파티가 열렸지
볼록볼록 물방울 풍선을 만들며
후드 후드득 바람의 웃음 소리도 들렸어
키 작은 앉은향 나무는
낮게 흐르는 하늘의 손을 다정히 잡을 수 있었지
그윽한 향기를 풍기면서 말이야

민달팽이의 봄

집 없는 민달팽이 제 흔적을 뒤로하고
배를 밀며 기어가고 있습니다
바람처럼 달리는 청설모에 놀라
안테나 흔들며 애써 속도 내어 보지만
걸음 여전합니다
민달팽이 곁으로 꽃 무더기 봄 펼쳐집니다
멀리서 달려온 햇볕 뒹구는 곳에
아지랑이 피어오르고
살랑바람 민달팽이 안테나에 잡혔습니다
민달팽이 등 위로
노란 꽃잎 하나 내려앉습니다

수선화

찬 바람 멈칫 거리는
봄 오는 길 어귀
산기슭 지키는 가녀린 꽃

청초롬한 네 얼굴에
겨울 칼바람 얼었던
하늘이 들어있다

아린 겨울 이겨낸
네가 데려온
봄

노오란 네 빛으로
마른 산이 환해지고 있다

한 마리 까치이고 싶네

사막, 천사의 도시
7가와 벌몬 주유소 사탕 색 신호등 옆으로
자그마한 개천이 흘렀으면 좋겠네 그 곁으로
갈바람 지나고
연보랏빛 쑥부쟁이꽃 간들간들 피었으면

선잠에서 깨어난 이른 아침
동트는 하늘이 고향 같아

문득 밟아보고 싶은
어릴 적 감골 큰집 마당
대청마루 뒤쪽으로 장독대 위 대바구니엔
서울 손님을 위해 익어가던 연시감
한 입, 그 단물

감나무 우듬지에 남겨진 새 밥
그 붉은 단맛

오늘 아침엔
고향의 한 마리 까치이고 싶네
아침 소반 받는

4부

한 장의 잎새가

자신의 온 생 걸머진 소임 다한
나뭇잎 하나
바람에 떠밀려 신호대기 중이던
차 유리창에 앉습니다

누군가의 부고인가 해
누군가의 가슴이 무너졌을 것 같아
내 마음도
발등으로 쿵 떨어집니다

혹, 그렇다 할지라도
머물 수 없어 흘러야 하는 강물처럼
우리 또한
한 장의 잎새가 되어야 하는 것을

친구여,
눈물도 인생이니
흐르는 것을 막을 수 없겠지만
지체할 새 없이 떠나는 강물을
오래 슬퍼하지 마십시오

흐르다 흘러 어느 척박한 기슭 모퉁이

살기 위해 자신의 잎을 덜어내야 하는
애잔한 나무 발등이라도 적셔야 하니까요

목마름의 솔루션

며칠은 조증으로
며칠은 우울증으로 걷자
알레그로 같은 기쁨이 매일 있을 수 없고
라르고 같은 슬픔이 매일 머물게 둘 수 없어서
오른손에는 우울을
왼손에는 조증을 있게 하고
가벼운 산책을 하듯 걷자

성적 유지가, 학기말 시험이 힘겨운 젊음이
이력서를 내다가 내다가 늙어버린 청춘이
의사의 손에서 심발타Cymbalta*를 빼앗고
아침 창을 혼자 열어야 하는 권사님은
의사의 강요로 심발타Cymbalta를 처방 받는다

빌딩 높고 날씨 좋은 캘리포니아 엘에이
천사의 도시에서
목이 마르다 수가성 여인처럼

앙상한 뼈 들어난 나뭇가지 같은
너와 나 사이로
뜨겁고 지친 바람이 흐른다
푸른 잎새를 지녀야 할 젊음도

갈색 낙엽이 되려는 노년도
백 년쯤 가뭄의 나무처럼 목이 탔다

물이 필요하다
이천 년 전 목마른 여인의 솔루션이
십자가의 사건이 한 번 더

* 일반적으로 처방하는 우울증 치료제

수레국화

들판에 진보랏빛 수레국화꽃 피었습니다
꽃잎에 상냥한 웃음 얹어
벌판 두드리는 소낙비에게 미모를 자랑하고 있었지요
꽃잎 사이로 스미는 빗물이 귀띔을 해줍니다
강한 것을 잡아요 당신의 아름다움을 세상에 알려 줄 거예요
자신의 아름다움을 뽐내던 수레국화는 귀를 부풀려 듣고
있었지요
능력 있고 힘 있는 것이 무엇일까 궁금해졌거든요
들판엔 강한 바람이 지나갈 거라는 수런대는 소문이 있었고
마침내 세찬 바람이 불기 시작했어요
힘 있는 상대를 기다리던 수레국화는
휘몰아치는 태풍에게 온몸을 맡겼지요
수레국화의 사랑은 진보랏빛 눈물로 흩어졌어요
강한 것은 뜨거운 얼음처럼
날카롭고 위험한 가시를 가지고 있었거든요
처참히 망가진 수레국화는
스스로 강해지기 위해, 아름다운 꽃을 피우기 위해
온 힘 다해 남아있는 뿌리로 물을 길어 올리기 시작합니다
고단함 견디는 수레국화 위로
아무 일도 없었다는 듯
따듯한 햇볕 여전히 내려앉습니다

치매

살아가는 일에 거친 비
그리 내리더니

걷던 길
크고 작은 자갈 투성이더니

원하는 것과 가진 것이
그리 다르더니

한 생의 연극 무대
배역도
엿장수 가위질에 조각난 호박엿 같더니

그대
훨훨 날아갈 거 같은가요

볼 붉은 봄비

볼 붉은 봄비가 짓궂게
땅을 툭툭 치며

새초롬한 나뭇가지 살살 어르고
늦도록 고개 내밀지 못한 초록
손잡아 돋아주며
수줍은 꽃망울 터트리고

아찔한 꽃세상 만들어

하늘과 땅은 서로 달아 올라
시방
천지사방은 대놓고 연애 중

불안한 봄

부는 바람 손 잡고
길 만들어
똑똑, 문 두드릴 테지
흐드러진 봄꽃 앞세우고

얼음 속에 갇혔던 너
햇볕 한 아름 꺾어 안고
초록 들썩이며 내게로 오네

사랑, 그건 불안한 봄
낮엔 아지랑이 가면을 쓰고
밤엔 하얀 벚꽃 모자를 쓰네

봄비 내려 젖을만 하면
어느 결에 비 멈춰 있고

꽃 피어 향기 맡을 만하면
벌써 지고 없는

늦겨울 비

간밤,
멀리서 달려온 빗물이
밤이 새도록

소곤소곤 수군수군
무슨 말씀들을
그리도 하시는지

마른 가지에
땅속 깊이 숨은 뿌리에
야윈 풀 서로 기대고 누워있는 들판에
봄 씨앗을
부지런히 심고 가시다

초록 함성

지난 밤
천둥과 비바람으로

봄 오는 길목
격한 봄맞이 후

이곳저곳
담장 밑, 보도블록 사이, 화단에
땅이란 땅에
불쑥불쑥 솟아오른 생명들

외진 곳, 그늘에도

들리나요
와― 땅을 뚫고 올라오는
저 초록 함성이

봄의 끝

보내고 나니 찬란했네
지나간 봄
흐드러지게 핀 꽃들의 화냥끼

벌들은 벌들끼리
나비는 나비끼리
꽃들은 꽃들끼리

짧은 인연이 미안해
꽃들은 무더기로 피었었나
넋 다 빼앗고
다정하기도 했던 봄

듬뿍 든 정 느낄 새도 없이
꽁무니에 불붙은 듯
뒤도 돌아보지 않고 가버린 봄

사랑 병 걸린 가지와 잎들
아린 심장으로 어찌 견딜까
여름 볕은
벌써 뜨거운데
열매로 익는 아픔 이제 시작인데

코로나19

카트를 밀고 사람들이 지나간 흔적
마켓 진열대는 비어 있어요
마켓 밖으로 담장을 끼고 뱀같은 긴 줄이 늘어서 있어요
구부러진 줄 사이로 스산한 기운이 피어 올라요

도시 외곽으로 담장이 생기고
담장 안 사람들의 발이 묶여 있어요
누군가를 경계해요
사회적 거리, 멀어져야 사는 길
서로의 얼굴을 볼 수 없도록 마스크를 써야해요

이런 일 처음이에요
처음의 얼굴이 모호 하네요
속이 안 보여서 알 수가 없잖아요, 모호해서 두려워요

삶의 절벽 앞에 마스크 쓰고 있던
혼자가 무서워 더 멀어져야 하는 이들이
살아있는 자들의 공포가

갇히고 나니 보여요
먼저 갇힌 자들의 고통이
살아야만 하는 수백 가지 이유들이

수상한 세상

하늘이 밤새 쿨럭쿨럭 기침을 하더군요
불은 그 붉은 혀로 온 산천을 핥다가
흐드드 바람까지 보내더군요
산을 지키는 자작나무, 개똥나무, 전나무, 나뭇잎 사각거
리는 소리들
산을 가로질러 다니던 고라니, 오소리 쑥국새들은 어찌
하라고
마을은 어떤가요
매일 걸었던 길이 낯섭니다
처음처럼 생경합니다
정겹던 골목길, 익숙한 발자국도 볼 수 없습니다
보행길 막아서 만든 간이식당 앞에서
꾀죄죄한 여름이 그을린 얼굴로
비닐 막 안 사람들을 보고 있네요
간간히 한숨들 새어 나오고
마스크 사이 조심조심 불안한 시선들 이어지는데
한여름에도 폭설이 내리고
얼음계곡이 무더기로 주저앉습니다
보이던 것은 안 보이고
들리던 것이 안 들리고
알고 있던 몇 줄의 상식마저 민망한
이 아득한 눈앞의 벼랑 끝 풍경

\>

세상이 참, 수상합니다

아직 가을일 때

가을이 내게 와
사랑하는 이에게 편지를 쓰라 하네

타는 저녁노을 아름다울 때
어스름이 긴 머리 풀기 전
그 속에 갇히기 전에

옷매무새 고쳐 입고
허물어져 가는 걸음으로
저녁 내음 뒤로하고
먼 길 떠나려는 이에게

감추어 두었던 속 마음
단풍색 나뭇잎 뒤 숨겨두지 말고
길고 긴 편지를 쓰라 하네

아직 가을일 때

이상한 나라의 셈법

외로움은 신의 선물
어깨를 부딪치며 사람과 사람 사이를 걸어도
고난은
한 송이 들꽃을 피우기 위해
몇 가닥 지나는 바람
그러고도
현재 진행형 오늘 아픔은
당신 작품을 위한 배려

참, 이상한 나라의 셈법

그렇게 깊어지는 인생

네비게이션

혹, 더디더디 갈지라도
비틀걸음으로 걷다가
때론 뛰어서
그곳에 도착하겠지

도착할 거란 믿음이 있는 한
너를 신뢰할 수 있는 마음이 있는 한

거미줄처럼 얽혀있는 길을
네가 데려다 주지

믿음을 입어 보기로 했어
길이 잘 안 보일 때
네 목소리에 의지해
옷깃을 여미지

가끔 엉뚱한 길이 나오면
흔들리는 마음
너와의 신뢰를 깨려는 염려
꾸짖을 거야

목적지가 빙긋 웃으며

기다리고 있네

그건 너에게 기댄 나의
믿음 때문이기도 하지

시집

시 쓰는 네가 좋아서
시집 올 때도 혼수처럼 같이왔지
네가 쓴 시집
누렇게 바란 책갈피, 그 속엔
푸른 바람 찬란히 불고
연녹색 새잎 같은 네가 있네

모래바람 날리는 사막
낮과 밤, 날이 다른 이 땅
내가 가는 곳 어디든 같이 다녔지
낯설고 물 다른 이곳에서

손거울처럼 수시로 너를 보네
거기엔
미처 챙기지 못한 네가 보여서
잃어버리고 싶지 않은 내가 있어서

내 안의 하드록이 시의 꽃이 되는 순간들

이형권 문학평론가, 충남대 교수

내 안의 하드록이 시의 꽃이 되는 순간들

이형권 문학평론가, 충남대 교수

> 구겨진 마음을 반듯하게 펴주는 말/ 한마디 말로 천 냥 빚을 갚는
> 말은/ 봄비처럼 촉촉이 주변을 적시고// 따뜻한 말에는 꽃이 핀다
> ― 이향이, 「말 농장」에서

1. 바람의 정원에서 하드록

이 시집을 펼치자 「바람의 정원」이 먼저 눈 앞에 펼쳐진
다. 장미의 정원에서 주인공은 장미이듯이, 바람의 정원에
서 주인공은 바람이다. 바람이란 무엇인가? 바람은 다양한
시적 비유나 상징으로 활용해 왔다. 폴 발레리의 「해변의
묘지」에서 "바람이 분다, 살아야겠다"라는 시구는 잘 알려
져 있다. 이때 "바람"은 삶의 시련이라고 할 수 있을 터, 그
런 시련 속에서도 삶에 대한 의지를 견고하게 간직하고 살
아야 한다는 것이다. 윤동주는 「서시」에서 "잎새 이는 바람
에도/ 나는 괴로워했다"라고 노래한다. 이 시구에서도 "바
람"은 시대적, 실존적 삶에 다가오는 시련을 의미한다. 아
무리 작은 시련일지라도 그것을 감내하면서 부끄럼 없이
살아가고자 하는 시인의 마음이 정결하다. 이처럼 서양의
시나 우리나라의 시를 막론하고 바람은 보통 인생의 과정
에서 마주치는 시련을 비유해 왔다. 그런데 이향이 시인의

「바람의 정원」에서 "바람"은 인생의 시련과는 조금 다른 의미를 내포한다. "당신이/ 바람이 되어 서성이던 곳"(「바람의 정원」 부분)이라는 시구를 보면, "바람"은 마음속에 존재하지만, 현실에서는 부재不在인 "당신"과 동일시하고 있다. 아마도 "당신"은 항상 떠도는 존재이거나 이상적인 존재로서 "나"의 곁에 머물 수 없는 대상이다. 그러한 "당신"을 향한 시인의 열망은 강렬하다.

> 보이는 것보다 보이지 않는 것이
> 더 많은 것을 보여줄 때가 있어요
> 겉이 조용할수록 속은 시끄럽죠
>
> 내 안은 하드록 콘서트장
> 가슴을 긁어 토해내는 레드 프랜트의 목소리가
> 폭발적인 드럼 소리가
> 당신을 향해 쿵쿵 뛰고 있어요
> 아마 모르셨을 거예요
> ─「바람의 정원」 부분

이 시에서 "겉이 조용할수록 속은 시끄럽죠"라는 말은 시인이 지닌 내면세계의 역설적 속성과 관련된다. 하여 "내 안은 하드록 콘서트장"이라는 시구는 자기의 내면에 대한 시인의 자기 고백으로 읽어도 무방하다. 즉 하드록hard rock이 그러하듯이 "하드록 콘서트장"은 매우 격정적이고 역동적인 시인의 내면세계를 비유한다. 그렇다면 "나"는 왜 그러한 내면세계를 간직하게 되었는가? 그것은 바로 "당신"이라는 존재 때문이다. 이 시에서 "당신"은 바람風처럼 떠도는 존재지만, "나"는 항상 함께 있기를 열망하는 바람願의 대상이다. 이때 "당신"은 사랑하는 사람일 수도 있고, 종교적으로 추앙하는 대상일 수도 있고, 궁극적 이념이나 가치가 될 수도 있다. 한 시인에게는 "당신"이 시일 수도 있다. 중요한 것은 "당신"을 향한 열정이 "하드록 콘서트장"처럼 역동적, 열정적이라는 사실이다. 이 시집은 그러한 열정이 언어와 시심의 정련 과정을 거쳐 시의 꽃으로 피어나는 순간들을 다양하게 보여준다.

2. 사랑, 그 불안한 기쁨

이향이 시인은 사랑의 시인이라 명명해도 좋을 만큼 사랑을 주제로 한 시편들을 빈도 높게 보여준다. 사랑에는 종교적 차원의 아가페Agape도 있고, 마음의 호감과 관련된 필리아Philia도 있고, 남녀의 욕망과 관련된 에로스Eros도 있다. 인간은 이러한 여러 가지 차원의 사랑을 마음 깊이 간직하고 살아가는 존재이다. 이 가운데 시인들이 가장 관심 있게 노래하는 것은 물론 에로스 차원의 사랑이다. 남녀의 사랑은 동서고금의 시에서 가장 빈도 높게 다루어지는 일련의 주제 의식이자 시적 대상이다. 이것이 시적 대상으로 자주 호명되는 것은 그만큼 불완전하고 순간적이고 휘발하는 속성을 지녔기 때문이다. 그러함에도 불구하고, 완전한 사랑은 원래부터 불가능한 줄 알면서도, 그러한 사랑을 향한 인간의 욕망은 그칠 줄 모른다. 시인은 사랑을 노래하는 이유도 마찬가지다. 완전한 사랑의 시가 불가능한 줄 알면서 부단히 사랑의 시를 쓴다. 그 부단함이 한 인간으로서 혹은 한 시인으로서 할 수 있는 사랑에 대한 최선의 예의이다.

부는 바람 손잡고
길 만들어
똑똑, 문 두드릴 테지
흐드러진 봄꽃 앞세우고

얼음 속에 갇혔던 너
햇볕 한 아름 꺾어 안고
초록 들썩이며 내게로 오네

사랑, 그건 불안한 봄
낮엔 아지랑이 가면을 쓰고
밤엔 하얀 벚꽃 모자를 쓰네

봄비 내려 젖을 만하면
어느결에 비 멈춰 있고

꽃 피어 향기 맡을 만하면
벌써 지고 없는
―「불안한 봄」 전문

이 시에서 봄은 사랑의 계절이다. 겨울 동안 얼어붙었던 대지에 봄바람이 불면 천지사방 대지에 새싹이 돋고 꽃이 핀다. 사람들의 마음도 겨울잠을 깨고 사랑의 시간을 맞이

한다. 봄이 되면 겨우내 "얼음 속에 갇혔던 너"는 "흐드러진 봄꽃 앞세우고"서 "내게로 오"는 것이다. 그 결과 "너"와 "나"는 "사랑"의 자장 속에 한 몸, 한마음이 되어 공존하게 된다. 그런데 3연에서 시인은 "사랑, 그건 불안한 봄"이라고 말한다. 새싹 돋고 봄꽃이 흩날리는 계절에 찾아온 "사랑"이 "불안"하다는 것이다. 이것은 인간이 간직할 수밖에 없는 사랑의 한계를 깨달은 자의 언어이다. "봄"이라는 계절이 순식간에 지나가듯이, "사랑"도 어느 순간 나타났다가 곧장 사라진다고 본 셈이다. "봄비 내려 젖을 만하면/ 어느결에 비 멈춰 있"는 것처럼, "꽃 피어 향기 맡을 만하면/ 벌써 지고 없는" 것과 같은 봄의 생리가 사랑의 속성과 똑같다고 보는 것이다. 사실이 그렇지 않은가? 인간의 사랑은 금세 지나가는 봄처럼 순식간에 나타났다가 사라지고 마는 속성을 지녔다. 그러나 인간은 사랑을 거부할 수 없는 존재이다. 사랑은 항상 불완전하고 결여투성이의 속성을 지녔지만, 그런 속성 때문에 사랑은 오히려 영원한 지향의 대상이다. 사랑의 결여와 불완전은 그 충족과 완전을 향한 부단한 지향을 부추기는 동력이기 때문이다. 이 시는 이러한 사랑의 역설을 노래한 것이다.

한편, 이향이 시인은 사랑이란 대상에 대한 포용과 배려의 마음을 전제로 한다는 점을 강조한다. 이것은 당연한 말이지만 행동으로 실천하기 여간 어려운 일이 아니다. 인간은 항상 이기적인 욕망에 지배당하는 존재로서 사랑과 관련해서도 크게 다르지 않다. 그러나 이기적인 마음으로 사랑을 한다는 것은 사랑을 하지 않는 것과 다르지 않다. 진정한 사랑은 이기적인 욕망을 멀리하고 이타적인 마음으로 충만해지는 상태를 의미한다. 아래의 시에서 "꽃"은 그러한 사랑의 속성을 비유한다.

> 긴 긴 여름 그 뜨거운 볕을
> 온몸으로 견디는 배롱나무
> 부러질 듯 휘어진 가지에 진분홍 꽃들이 피어있다
>
> 너의 가슴에 안겨 흐드러진 꽃 무더기로
> 피어나고 싶었을 뿐인데
> 그저 그랬을 뿐인데
>
> 꽃도 무거우면 짐이 되는가
>
> 바람 세차게 불어와
> 차라리
> 꽃잎 우수수 떨어져 내려
> 너, 가벼이 숨 쉴 수 있다면
> 너로 인해 빛날 수 있었던
> 나 기꺼이 낙화하리
>
> 온 힘 다해 안아 준
> 아름다운 너를 보리
> ─「배롱나무」 전문

이 시는 여름날에 여기저기서 풍성하게 꽃피우는 "배롱나무"를 노래하고 있다. "배롱나무"는 사랑의 대상인 "너"

이고, "꽃"은 사랑의 주체인 "나"를 비유하고 있다. "나"의 사랑은 "흐드러진 꽃 무더기"가 되어 "배롱나무"와 같은 "너의 가슴에 안겨" 있고 싶은 마음이다. 그런데 "나"의 진실한 사랑은 "꽃도 무거우면 짐이 되는가"라는 시구에 담겨 있다. "꽃"은 아름다운 꽃이라도 너무 많으면 무거워서 힘들지 않을까 생각하면서 "배롱나무"를 걱정하고 있다. 이는 과도한 사랑은 상대방을 구속하거나 불편하게 할 수 있다는 인식과 관련된다. 하여 "바람 세차게 불어와/ 차라리/ 꽃잎 우수수 떨어져 내려"서는 "너"를 가볍게 해 주고 싶다고 소망한다. 이러한 마음이 드는 것은 "나"가 "너로 인해 빛날 수 있었"다는 사실을 알기 때문이다. 마치 "꽃"이 "배롱나무"로 인하여 활짝 필 수 있었던 것처럼. 하여 기꺼이 "낙화"로 꽃의 죽음을 맞이할지라도 "너, 가벼이 숨 쉴 수 있"게 해 주고 싶다고 소망한다. 이는 자기희생을 감내하면서 사랑을 추구하는 인간의 아름다운 모습일 터, 그 구체적인 모습을 시인은 "배롱나무"에 붉게 피어나는 "꽃"으로 형상화한 것이다.

사랑에 대한 사유와 상상은 다른 시에서도 "한 번도 남자 아닌 적이 없었으면서도/ 한 번도 남자인 적이 없었던/ 그대가/ 오늘도 꽃으로 피어 있다"(「첫사랑」 부분), "그의 어깨를 누르던 시간이/ 가벼워졌으면 해요/ 멀리서 달려온 햇살이 나뭇잎 사이로/ 다정히 그의 손을 잡을 테지요"(「나무가 될 수 있다면 좋겠어요」 부분) 등의 흥미로운 표현을 얻는다. 앞의 시구에서 인간이면 누구나 마음 깊이 남아있는 첫사랑의 기억을 "남자"라는 이성적 존재이자 그 이상의 존재로서 "오늘도 꽃"이라는 현전의 대상으로 노래한다.

"첫사랑"이 지닌 역설적 의미를 간파한 시구이다. 뒤의 시구에서 시인은 "나무"가 되어 "그의 어깨를 누르던 시간"에 희망의 "햇살"이 비추기를 소망하고 있다. 이러한 마음으로 바라보면 세상은 온통 사랑으로 충만하지 않을 수 없다.

> 볼 붉은 봄비가 짓궂게
> 땅을 툭툭 치며
>
> 새초롬한 나뭇가지 살살 어르고
> 늦도록 고개 내밀지 못한 초록
> 손잡아 돌아주며
> 수줍은 꽃망울 터트리고
>
> 아찔한 꽃세상 만들어
>
> 하늘과 땅은 서로 달아올라
> 시방
> 천지사방은 대놓고 연애 중
> ―「볼 붉은 봄」 전문

　"봄비" 내리는 봄 풍경을 묘사하고 있는 시이다. "봄비"는 온 세상에 "초록"이 돋아나고 "꽃망울을 터트리"게 하는 봄의 전령사이다. "초록"과 "꽃"이 어우러져 "아찔한 꽃세상을 만들어" 주는 것인데, "꽃세상"은 다름 아닌 사랑으로 충만한 세상이다. 주목할 것은 봄의 풍경을 "하늘과 땅은 서로 달아올라" 있다고 묘사하는 부분이다. "봄비"로 인해 새 생명이 태어나는 모습을 "하늘과 땅"의 에로스로 상상하고 있다. 이는 "하늘"에서 "땅"으로 내려오는 "봄비"의 속성을 남녀를 하나로 이어주는 사랑의 행위로 상상한 결과이다. 사랑은 단지 남녀 사이의 에로스를 넘어 하늘과 땅, 음과 양의 조화를 의미하는 전 지구적 온 생명의 원리라고 보는 것이다. 하여 "시방/ 천지사방은 대놓고 연애 중"이라는 의미심장한 시구가 탄생한다. 사랑은 남녀 간의 관계뿐만이 아니라 세상과 우주를 지배하는 원리라는 "아찔한" 인식에 도달한 셈이다.

3. 너를 환대하는 마음

이 시집에 자주 나타나는 사랑의 시심은 타자를 향한 환대의 마음으로 확장되기도 한다. 타자는 주체와 상대적인 것으로 인간과 자연, 정신과 육체, 남성과 여성, 이성과 감정, 의식과 무의식, 정주민과 이방인 등에서 후자에 속하는 것들이다. 타자는 근대적 사유에서 소외된 존재이지만, 탈근대적 사유에서는 주체에 못지않은 가치를 지닌 것으로 중시된다. 해체철학자 데리다는『환대에 대하여』에서 세상의 평화를 위해서는 타자를 향한 환대가 필요하다는 점을 강조한다. 즉 "이름을 묻지도 말고, 나의 집을 열 것을, 자리를 내주고, 절대적 타자가 그 자리를 차지할 수 있도록"이라고 주장한다. 이것은 조건부 환대를 넘어선 절대적 환대로서 현대 사회에서 이방인을 대하는 데 요구되는 정신적 자세와 관련하여 시사하는 바가 크다. 세상을 주체와 타자의 우열적, 이원적 대립 관계로 보는 경직된 사고를 해체하여 타자를 함께 살아야 할 존재로 보는 것이다. 이 시집에서 노숙자 homeless에 관한 시편들은 그러한 인식을 드러낸다.

번잡한 월셔대로 옆 골목, 아스팔트 틈 사이로 불쑥불쑥 돋아나 늙어버린 들풀 같은 텐트로 지어진 집들이 물에 젖어 내려앉아 있다 바닥과 지붕의 경계가 모호한 어떤 집엔 자전거 한 대가 아슬아슬 매달려 있고 그 곁으로 물기 털던 강아지 한 마리 주인을 보며 꼬리를 흔들고 있다

물 귀한 엘에이에
반가운 비가 내린 뒤

종이상자와 비닐로 지은 집 앞
비에 퉁퉁 불은 걸인 여인
외출하려는지
물기를 닦아내며 화장을 하고 있다

고층빌딩 숲 월셔대로
일회용 커피잔 든 정장 차림 남자들과
하이힐 신은 젊은 여인들의
수선스러운 대화가 이어지는데

이 길엔 선한 사마리아인 아직 도착하지 않았고
바리새인 같은 나는 스치듯 지나치고
햇빛의 눈길만 측은하고
—「천사의 도시」 전문

이 시에서 "번잡한 윌셔대로 옆 골목"은 화려한 도시의 뒷면이다. 시인은 "들풀 같은 텐트로 지어진 집들"이 즐비하게 서 있는 그곳에 눈길을 주고 있다. 그곳을 터전으로 살아가는 주인공은 "걸인 여인"인데, 그녀는 마침 오랫만에 내린 비의 "물기를 닦아내며 화장을 하고 있다"라고 한다. 비의 "물기"가 얼굴에 남아있는 것으로 보아 그녀의 거주지인 "들풀 같은 텐트"가 얼마나 부실한지 알 수 있다. 그런데 이러한 도시의 뒷면과 달리 그 앞면인 "고층빌딩 숲 윌셔대로"에서는 "정장 차림 남자들과/ 하이힐 신은 젊은 여인들"이 "일회용 커피잔"을 들고 돌아다닌다. 이들은 "걸인 여인"이나 "들풀 같은 텐트"에는 아무런 관심이 없다. 그리하여 시인은 "이 길엔 선한 사마리아인이 아직 도착하지 않았고"라고 말하고, 자기 자신도 "바리새인 같은 나는 스치듯 지나치고" 말았다고 고백하기도 한다. 성경에 의하면 선한 사마리아인은 타자를 환대하는 사람이고, 바리새인은 타자를 배척하는 이기적인 사람이다. 따라서 이 고백은 자기 자신을 포함하여 타자를 따뜻하게 품지 못하는 이기적인 미국 사회에 대한 고발의 성격을 지닌다. 이 고백은 성찰과 반성과 관련되는 것으로서 타자를 환대하기 위한 첫걸음에 해당한다.

노숙자의 삶에 관한 관심은 "내일은 이곳에 촛불 몇 자루, 흰 국화 몇 송이 놓이겠다/ 얽힌 눈물 흘려 줄 이도 없이/ 홀로 지고 만 꽃 앞에"(「꽃들 지는 건 다 같다」 부분), "어두울수록 환해지는 밤이 오면/ 한때 꾸었던 꿈들의/ 지나간 시간이 등뼈를 세우고/ 발끝 시리게 하는 냉기는/ 달그락거리는 관절을 더 단단히 움켜쥐고 있다"(「그로브 공원」부분) 등의 시구에도 드러난다. 이들은 노숙자들이 처한 극한적 삶의 상황을 드러내고 있는데, 심지어 타자를 가장 환대해야 할 종교 차원에서도 노숙자를 외면하는 상황에 주목한다.

살아있기는 한 걸까

한때는 빛났을지도 모를 시간의
흔적들을 베고
쓰러진 십자가처럼
교회 문 앞에 누워있는 걸인

비의 무게로 내려앉은 하늘
교회 종탑이 하늘보다 높았던 날
통성기도 소리는 예배당 안에 머물고
나는 그 곁을 무심히 지나가고

체온을 빼앗겨 가는 영혼 위로
허기로 허리를 묶은 바람 자꾸 부는데
사람과 사람 사이에는
오늘도 뉴스 한 줄 없었다
ㅡ「노숙자」 전문

이 시에서 "교회 문 앞에 누워있는 걸인"은 사회에서 철저히 소외된 존재이다. 그는 "한때 빛났을지도 모를 시간"의 주인공이었을 터이지만, 현재는 "쓰러진 십자가처럼"

철저하게 버림받은 사람이다. 시인이 "교회 종탑이 하늘보다 높았던 날"을 생각해 보는 것은, 오늘날 진정한 믿음의 "하늘"을 외면하고 자본과 권력에 종속된 "교회"가 적지 않다는 점을 상기한 것이다. 실제로 "교회"가 본연의 인간 구원 역할을 하지 못하고 세속화되어 가고 있는 것은 어제오늘의 일이 아니다. 그런데 중요한 것은 "나" 역시도 "그 곁을 무심히 지나가고" 있다는 점이다. "체온을 빼앗겨 가는 영혼"이 세상에 넘쳐나는데, "나" 역시 그런 사람에 무심하다는 점을 성찰하고 있다. "교회 문 앞"에서 죽어가는 "노숙자"는 "뉴스 한 줄"의 관심도 주지 않는 세태에 "나" 역시도 동조하고 있다는 점을 인식한 셈이다. 이처럼 비정한 사회에 휩쓸리고 있는 "나"에 대한 성찰은 세상에 대한 비판의 토대가 된다. 하여 오늘의 사회에 대해 "모던과 클래식/ 부유와 가난/ 평등과 불평등/ 그 사이를 거친 숨을 몰아쉬며 걷는다/ 상식적, 그 흔한 너를 기다리다 주위를 둘러보니/ 땅에 떨어져 밟힌 내 비겁이 비상식을 돕고 있네/ 그건 슬프고 고단한 일이지"(「참 어려운 말, 보편과 상식」 부분)와 같은, 자아와 사회에 대한 비판적 인식에 도달한다.

타자가 없는 세상, 타자를 환대하지 못하는 세상은 최근 들어서 더욱 문제시되었다. 얼마 전까지 기승을 부리던 코로나19가 팬데믹으로 이어지면서 전 세계를 질병과 죽음의 공포에 떨게 했다. 많은 사람이 코로나19에 감염되어 고통을 받고, 심지어는 예방을 위한 백신을 맞고 죽음에 이르기도 했다. 시인이 특히 주목하는 것은 그러한 병증보다는 사람들 사이의 소통이 결핍된 사회 문제이다. 코로나19는 반역이라는 이름으로 가족, 친지, 지인들과의 만남을 근본적으로 차단하여 사람들을 "혼자"로 만들었다.

　　카트를 밀고 사람들이 지나간 흔적
　　마켓 진열대는 비어 있어요
　　마켓 밖으로 담장을 끼고 뱀 같은 긴 줄이 늘어서 있어요
　　구부러진 줄 사이로 스산한 기운이 피어올라요
　　도시 외곽으로 담장이 생기고
　　담장 안 사람들 발이 묶여 있어요
　　누군가를 경계해요
　　사회적 거리, 멀어져야 사는 길
　　서로 얼굴을 알 수 없도록 마스크를 써야 해요

　　이런 일 처음이에요
　　처음의 얼굴이 모호하네요
　　속이 안 보여서 두렵잖아요
　　삶의 절벽 앞에 마스크를 쓰고 있던
　　힘겨운 혼자를 벗어나기 위해 더 멀어져야 했던 이들의
　　무참한 시간 사이로 무너져 내린 목숨들이
　　살아있는 자들의 두려움이
　　갇히고 나니 보여요
　　먼저 갇힌 사람들 고통이
　　살아야만 하는 수백 가지 이유들이
　　　　─「코로나19」 부분

　이 시는 앞부분에서 "마켓 진열대는 비어 있"는데, "마켓 밖으로 담장을 끼고 뱀 같은 긴 줄이 늘어서 있"는 풍경

을 묘사한다. "줄 사이로 스산한 기운이 피어오"르는 분위기도 감지하고 있다. 생활용품을 구하기 위해 줄을 선 사람들 사이로 불신과 불안의 기운이 퍼져 있는 것이다. 옆 사람이 내게 코로나19를 옮기지는 않을까 하는 불신, 누군가의 사재기로 인해 생활용품을 사지 못하면 어쩌나 하는 불안감이 도사리고 있다. "도시 외곽으로 담장이 생기"고 "누군가를 경계"를 하면서 "사회적 거리"라는 이름으로 "멀어져야 사는" 현실을 직시하고 있다. 인간과 인간 사이가 "멀어져야 사는 길"이 있다는 것은 "코로나19"가 가져온 삶의 아이러니이다. "서로 알 수 없도록 마스크를 써야"만 감염을 막고 살 수 있다는 것도 마찬가지다. 이웃이든 친지든 곁에서 "코로나19"로 인해 "무너져 내린 목숨들"을 보면서, 사람이 사람과 단절의 벽을 쌓고 누군지 알 수 없게 "마스크"를 써야 살 수 있는 것이다. 인간다운 소통의 삶과 반대로 살아가야 목숨을 부지할 수 있는 세상에서 살아있는 것 자체가 하나의 "두려움"이다. 이렇듯 "코로나19"는 타자 혹은 타인과 함께 살아가는 것 자체를 불가능하게 하여, 오직 자기 자신만을 위한 이기적인 외톨이 삶을 살아가게 한다. 하여 다른 시에서도 "이 아득한 눈앞의 벼랑 끝 풍경/ 세상이 참, 수상합니다"(「수상한 세상」 부분)라고 말할 수밖에 없는 것이다.

4. 시와 함께 디아스포라

이향이 시인이 시를 쓰는 일은 사랑의 열정으로 가득한 내면세계를 성찰하고, 사회적으로 소외된 타자나 타인에

관심을 가지고 환대하려는 마음과 관련된다. 이것은 오랜 시간 동안 이민자로 살아온 삶과 무관하지 않다. 즉 "높이 날고 싶었던 열정은/ 다 어디로 갔을까요/ 온통 빠져나간 것투성인데/ 왜 몸은 더 무거울까요"(「헬륨 풍선」 부분)와 같은 이민자의 삶을 견인堅忍하기 위해 사랑과 타자를 노래 했기 때문이다. 사실 영어가 지배하는 미국에서 한글시를 쓰는 일은 그 자체가 디아스포라 의식과 관계가 깊다. 한글은 마음의 모국의 언어로서 마음의 안식처 역할을 하는 언어이고, 그것으로 쓴 시는 마음의 동반자 역할을 충실히 하기 때문이다. 가령 "옛 봄에 덧입혀진 새봄이/ 당신과 나를 보며/ 봄꽃 향기로 시를 씁니다// 말하지 않아도 들을 수 있고/ 보이지 않아도 볼 수 있다"(「겹싸이는 봄」 부분)라는 시구는 시의 의미를 깊이 생각하게 한다. "새봄"은 항상 "옛봄"을 전제로 한다는 인식은 이국에서의 새로운 삶은 모국에서의 지나간 삶과 밀접히 관련된다는 의미를 내포한다. "시"는 그것을 통해 삶의 깊은 의미를 통찰하는 매개이다. 하여 "시"는 "나"의 정신과 영혼의 정체성을 일관되게 유지해 주는 소중한 존재이다.

시 쓰는 네가 좋아서
시집올 때도 혼수처럼 같이 왔지
네가 쓴 시집
누렇게 바랜 책갈피, 그 속엔
푸른 바람 찬란히 불고
연녹색 새잎 같은 네가 있네

모래바람 날리는 사막
낮과 밤, 날이 다른 이 땅
내가 가는 곳 어디든 같이 다녔지
낯설고 물 다른 이곳에서

손거울처럼 수시로 너를 보네
거기엔
미처 챙기지 못한 네가 보여서
잃어버리고 싶지 않은 내가 있어서
— 「시집」 전문

이 시에서 "나"는 "네가 쓴 시집"을 삶의 동반자처럼 여기
면서 살아온 사람이다. "나"는 "너"의 "시집"을 "시집올 때
도 혼수처럼" 가져왔을 뿐만 아니라 "내가 가는 어느 곳이든
같이 다녔"다고 한다. "내가" 살아가는 곳은 "모래바람 날리
는 사막/ 낮과 밤, 날이 다른 이 땅"인데, 이곳은 이향이 시
인의 삶과 연관 지으면 "사막"의 도시 LA이거나 그 언저리
어디쯤일 것이다. LA 혹은 미국이라는 낯선 땅에서 이민자
로서 살아가는 것은 여간 고달프고 외로운 일이 아닐 터이
다. "너"의 "시집"은 "나"에게 아주 소중한 삶의 동반자이
다. "나"가 "시집"과 함께 한 이유는 "푸른 바람 찬란히 불
고/ 연녹색 새잎 같은 네가 있"기 때문이다. 즉 "너"의 "시
집"은 "나"에게 "사막"과도 같은 삶에 "연녹색 새잎"의 희망
과 위안을 주기 때문이다. 그런데 시의 결구에서 "너"의 "시
집"을 일평생 동반하여 살아온 이유는 무엇보다도 "잃어버
리고 싶지 않은 내가 있어서"라고 한다. 결국 이향이 시인에

게 "시집"은, 혹은 시라는 것은 "나"의 정체성을 끝까지 지켜주는 존재였던 셈이다. 이것은 이향이 시인의 자전적 고백으로 읽을 수 있을 터, 일상의 고달픔 속에서도 시 쓰기의 지난한 작업을 지속하는 근본적인 이유이다.

이처럼 이향이 시인에게 시라는 것은 내면에 들끓는 열정과 사랑과 고독을 아우르고, 홈리스로 상징되는 사회적 문제를 비판하면서 타자를 향한 환대의 마음을 드러내는 매개이다. 사실 영어가 지배하는 미국 사회에서 한글시를 쓴다는 것은 쉽지 않은 일이지만, 한인으로서 언어적, 문화적 뿌리를 놓치지 않고 살아가려는 매우 유의미한 작업이다. 한글시는 고향의 자연과 어머니가 살아 숨 쉬는 영혼의 장소이자, 소수자로서의 소외감이나 고달픔을 극복하게 해주는 삶의 동반자이기 때문이다. 이런 사정은 "억센 풀은 여리디여린 꽃 피우고/ 나비 날아들고/ 열매 맺고// 모래바람 거세게 불어대던/ 나의 사막에"(「나의 사막에」 부분)하는 존재이다. 또한 "길고양이처럼 살금살금/ 다가왔던 우울이/ 별빛과 뚝향나무 향기가 다가오자/ 슬그머니 자리를 털고 어디론가 가버리고// 어둠과 손잡고 있던 페르소나를/ 뚝향나무 향이 벗겨 주었지/ 무거웠던 시간이 잘 말려진 머리카락처럼 가벼워졌어(「뚝향나무와 별빛」 부분)와 같은 시구에 응축되어 있다. 시는 이향이 시인의 내면에 가득한 "우울"과 "페르소나"를 극복하게 해 주는 "별빛과 뚝향나무 향기"와 다르지 않은 것이다.

그렇다. 이 시집은 이 글의 모두에서 말했듯이, "하드록"과 같이 들끓는 내면세계가 시의 꽃으로 피어나는 순간들의 기록이다. "사막"과 같은 세상임에도 불구하고 "별빛과 뚝향나무 향기"로 가득한 순간들 말이다. 그 주인공은 물론 이향이 시인이다. 그 뜨겁고 치열한 내면을 따듯하고 차분한 시의 꽃으로 피워낸 솜씨가 오롯하고 마뜩하다.

이향이

이향이 시인은 전북 전주에서 태어났고 서울에서 성장했으며, 1989년 미국으로 이민하여 LA에 거주하고 있다. 2018년 재미시인협회 신인상으로 등단했고, 현재 재미시인협회 회원으로 활동하고 있다.

이향이 시인에게 시라는 것은 내면에 들끓는 열정과 사랑과 고독을 아우르고, 홈리스로 상징되는 사회적 문제를 비판하면서 타자를 향한 환대의 마음을 드러내는 매개이다. 사실 영어가 지배하는 미국 사회에서 한글시를 쓴다는 것은 쉽지 않은 일이지만, 한인으로서 언어적, 문화적 뿌리를 놓치지 않고 살아가려는 매우 유의미한 작업이다. 이향이 시인의 첫 번째 시집인 『꽃도 무거우면 짐이 되는가』는 "하드록"과 같이 들끓는 내면세계가 시의 꽃으로 피어나는 순간들의 기록이다. "사막"과 같은 세상임에도 불구하고 "별빛과 똑향나무 향기"로 가득한 순간들 말이다. 그 주인공은 물론 이향이 시인이다. 그 뜨겁고 치열한 내면을 따뜻하고 차분한 시의 꽃으로 피워낸 솜씨가 오롯하고 마뜩하다.

이메일 hyangeyha@gmail.com

이향이 시집

꽃도 무거우면 짐이 되는가

발 행	2023년 10월 13일
지 은 이	이향이
펴 낸 이	반송림
편집디자인	반송림
펴 낸 곳	도서출판 지혜, 계간시전문지 애지
기획위원	반경환 이형권
주 소	34624 대전광역시 동구 태전로 57, 2층 도서출판 지혜
전 화	042-625-1140
팩 스	042-627-1140
전자우편	eji@ji-hye.com
	ejisarang@hanmail.net
애지카페	cafe.daum.net/ejiliterature

ISBN   979-11-5728-522-8 03810
값   10,000원